LES

ARÈNES DE PARIS

PRIX : 1 FRANC

AU PROFIT

DE LA SOUSCRIPTION POUR LE RACHAT

SE VEND

AUX ARÈNES ET A LA SOCIÉTÉ DE NUMISMATIQUE

ET D'ARCHÉOLOGIE

58, rue de l'Université, 58

LES

ARÈNES DE PARIS

<hr>

SE VEND

AUX ARÈNES ET A LA SOCIÉTÉ DE NUMISMATIQUE

ET D'ARCHÉOLOGIE

58, rue de l'Université, 58

Au moment où la découverte si heureuse des *Arènes de Paris* vient de jeter un jour nouveau sur notre histoire et nos antiquités nationales, on verra avec plaisir réunies dans une brochure les opinions des anciens historiens de Paris sur l'emplacement présumé de ce monument, en même temps que les conjectures émises par plusieurs savants de notre temps.

I

LES HISTORIENS DE LA VILLE DE PARIS

AVANT LA DÉCOUVERTE

DES

ARÈNES

Recueil de Dom Bouquet, t. II, p. 243. A. Grégoire de Tours,
Histoire, l. V, ch. 18.

(539 à 593, fin du VIe siècle.)

Le texte le plus ancien que nous possédions sur les Arènes de
Paris est celui de Grégoire de Tours, ainsi conçu :
« Quod ille (Chilpericus) despiciens, apud Suessionas atque Pa-
« risius circos ædificare præcep t; eosque populis spectaculum
« præbens. »

Gontran venait d'adopter Childebert à l'entrevue de Pompierre.
A la suite de cette alliance, les deux rois « dépêchèrent des envoyés
au roi Chilpéric afin qu'il leur rendît ce qu'il avait usurpé de leurs
royaumes ou, en cas de refus, qu'il se préparât à la guerre. Mais
lui, sans égard pour ce message, se mit à faire bâtir à Soissons et à
Paris des cirques où il donna des spectacles au peuple. »

Adrien de Valois. Préface, p. XVI.

Lutecia ipsa quæ dominantibus in Gallia Romanis parva urbs
erat, in exigua insula fluminis Sequanæ posita, *amphitheatrum*
habuit : quod me docet Chartularium ms. ecclesiæ Parisiacæ in
anno MCCCX, desinens, ac ità incipiens : *Hæ sunt rubricæ litte-
rarum et privilegiorum Papalium et regalium pertinentium ad
Episcopatum Parisiensem.* Ibi in litteris duorum officialium cu-
riarum Archidaconorum Parisiensium, datis anno MCCXXCIV,
quæ inscribuntur *Charta super admortisatione terræ feodalis de
Roseriis, quam tenent Scholares de Sorbona :* ibi, inquàm, di-
serte memorantur *tria quarteria vineæ sita in loco qui dicitur
« les Areinnes » antè sanctum Victorem.* Ex quo intelligitur, flo-
rente Imperio Romano, Amphitheatrum Lutetiæ procul ab Insula,
procul a muris Civitatis ex more fuisse, adversum loco in quo
multo post condita est Basilica S. Victoris Mart. : et cùm vineta in
locum Amphitheatri pridem diruti successissent, tamen nihilo-
minùs *Arenarum* appellationem ibi antè annos quadringentos,
certissimùm rei argumentum adhùc duravisse. Fuit quoque Pa-
risiorum Circus, sicuti Augustæ Suessionum : quos ambos circos
refecisse mihi videtur Rex Francorum Chilpericus, Chlodovei
Magni nepos, non (ut ait Gregorius) ædificasse.

Histoire de Paris, par Sauval, t. II, p. 363.

Au faubourg Saint-Victor, entre les murs de l'Université et la Ville-Neuve-Saint-René, se trouvait le *Clos des Arennes* ou des Avennes, ou de Saint-Victor. De ces noms, le premier est apparemment tiré du lieu et a été tellement corrompu par le peuple, qu'on ne saurait le reconnaître; l'autre vient de l'abbaye du voisinage. Quoique ce clos, cependant, relevât de Sainte-Geneviève et de l'évêque, la Sorbonne y avait trois quartiers de vignes d'un côté et quatre d'un autre, entre Sainte-Geneviève et Notre-Dame-des-Champs, que l'évêque Regnoul amortit en 1284 avec le fief de Rosiers; le reste composait encore un clos de vignes en 1399, et bien que le tout vînt au clos du Chardonnet, néanmoins ce n'en était point une pièce.

Histoire de Paris, par Félibien, t. I, p. 17.

Après avoir parlé des antiquités romaines trouvées à Paris et des Thermes de Julien, Félibien ajoute :

« Quant à l'amphithéâtre, il paraît, par un titre de l'an 1284,
« qu'il était situé vis-à-vis de l'endroit où a été bastie l'abbaye de
« Saint-Victor. A l'endroit où sont maintenant les Pères de la
« Doctrine Chrétienne, joignant le clos Mouffetard et de Sainte-
« Geneviève, il y avait un clos de vignes appelé le *Clos des Arènes*,
« avant que ce quartier eût été couvert de maisons. Et ce nom
« d'Arènes ne peut avoir été donné à ce lieu que parce qu'il y
« avait eu auparavant des arènes et un amphithéâtre. Paris avait
« aussi son cirque aussi bien que Soissons; et saint Grégoire de
« Tours rapporte que Chilpéric, petit-fils de Clovis, donna au pu-
« blic le spectacle des jeux du cirque. Peut-être fit-il pour cela re-
« lever l'ancien cirque tombé en décadence; peut-être aussi fit-il
« usage, pour ce spectacle, de l'amphithéâtre et des arènes. »

Recherches sur la ville de Paris, par Jaillot. T. IV, p. 169.

(1775)

Vis-à-vis cette abbaye (Saint-Victor), et dans l'espace qui se trouve entre les rues Neuve-Saint-Etienne, des Fossés-Saint-Victor et des Boulangers, était le clos Saint-Victor, autrement dit le *Clos des Arènes :* c'était là que, du temps des Romains et de nos rois de la première race, étaient les arènes et l'amphithéâtre dont j'aurai occasion de parler ailleurs. Le cimetière de la Pitié fut placé à cet endroit en 1641; auparavant, ceux qui mouraient dans cet hôpital étaient enterrés dans le cimetière Saint-Médard.

Description des Catacombes de Paris, par L. Héricart de Thury.

(1815)

Héricart de Thury, après avoir cité le procès-verbal de la reconnaissance de tous les édifices anciens de la ville de Paris, commencée par ordre de Colbert le 11 juillet 1678, et terminée le 10 avril 1679, ajoute :

« C'est dans le clos de Saint-Victor que se trouvait l'emplacement « des arènes de l'ancien amphithéâtre qui avait probablement été « établi dans une carrière primitivement exploitée à découvert, et « dont la place avait dû en effet préparer le local et le disposer « favorablement pour leur construction. »

Mémoires présentés par divers savants à l'Académie des inscriptions et belles-lettres. — 2ᵉ série. T. I.

P. 30. — *Mémoire sur les antiquités romaines et gallo-romaines de Paris,* par M. Jollois, ingénieur en chef, etc..., etc.

(1843)

La voie romaine qui est située le plus à l'est de Paris paraît avoir été pratiquée pour conduire à la plaine d'Ivry. Elle s'embranchait probablement sur la voie romaine de *Genabum*, à l'origine de la rue Galande, passait sur la place Maubert et gagnait la rue Saint-Victor, qu'elle suivait dans toute son étendue. Là, elle passait au-devant des *arènes*, qui avaient été adossées, pour ainsi dire, au *Mons Locoticius*, aujourd'hui la Montagne-Sainte-Geneviève. L'existence de ces arènes n'est pas douteuse, d'après des titres authentiques de 1284, où l'on retrouve des indications de champs signalés sous la dénomination de *Clos* ou de *Champ des*

Arènes, dans un espace compris entre la rue Saint-Victor à l'est, la rue des Fossés-Saint-Victor à l'ouest, la rue des Boulangers au nord, et la rue Neuve-Saint-Etienne au sud. D'ailleurs, il est tout à fait digne de remarque que les Gallo-Romains, dans le choix qu'ils ont fait de l'emplacement destiné aux arènes de Lutèce, se sont entièrement conformés à leurs usages constants dans toute la Gaule, c'est-à-dire qu'ils ont adossé ces arènes à une montagne. C'est une observation générale que nous avons vérifiée nous-même dans une foule de circonstances, notamment dans le département du Loiret, où nous avons reconnu les arènes de Chennevière (*Aquis Segeste*), celles de Bonnée (*Belca*), celles d'une ville antique située à 2,400 mètres de Sceaux, vers Sens (*Agendicum*), où nous reconnaissons la position de l'ancien Vellaunodunum des Commentaires de César, et enfin les arènes ou l'amphithéâtre d'Orléans (*Genabum*), adossé au coteau qui domine la Loire à l'est de la ville. On eût pu nier l'existence des arènes d'Orléans, comme Dulaure nie en quelque sorte celle des arènes de Paris; car, pendant longtemps, les arènes d'Orléans, ou plutôt leurs murs de fondations, sont restés ignorés, cachés qu'ils étaient sous le sol même du coteau bordant la Loire où ils existent encore. Des indications fournies par des titres de propriété telles qu'une vigne, sise dans le clos des Arènes et donnée par une femme du nom de *Logia* au monastère de Saint-Aignan, auraient suffi tôt ou tard pour faire reconnaître l'emplacement des arènes d'Orléans. Mais la circonstance de la construction du quai du Roi a hâté le moment de la découverte de ces murs, bien qu'elle ait été funeste au monument, puisque en même temps qu'on a enlevé les terres qui ont mis à découvert une des moitiés, on en a démoli les ruines pour en employer les matériaux à la construction du quai.

Les mêmes circonstances, les mêmes indications qui existaient pour les arènes d'Orléans, ont, sans aucun doute, existé pour les arènes de Paris. Si celles-ci n'ont pas été retrouvées, elles sont au moins positivement indiquées par l'existence d'un *clos des arènes* sur l'emplacement même de ces *arènes*. Ainsi, de ce que les arènes de Lutèce n'ont pas été matériellement signalées, on ne doit pas nécessairement en conclure qu'elles n'aient jamais existé. Rien ne s'oppose certainement à ce que cet édifice, détruit jusqu'aux fondations, soit maintenant caché sous le sol, comme l'étaient et le sont encore les arènes d'Orléans. C'est au moins là l'opinion qui nous paraît la plus probable; car nous ne pensons pas qu'un pareil monument, construit légèrement, suivant Dulaure, mais non pas selon nous, n'ait duré que peu de temps, existence qui ferait même question d'après les doutes de notre auteur. Quant à nous, nous ne doutons nullement de l'existence des arènes de *Lutèce;* et, comme nous avons été à même d'observer que ces sortes de constructions ont toujours été établies par les Gallo-Romains avec une grande solidité, nous pensons que si l'on n'en aperçoit plus maintenant de traces, c'est qu'à de certaines époques elles ont été vouées à la destruction par le christianisme. Mais, en admettant cette cause de destruction, il est certain que des monuments aussi considéra-

bles, et d'une aussi grande solidité, n'étaient jamais détruits de
fond en comble ; et si les fondations des arènes de Paris n'ont pas
été remarquées, c'est que, probablement, elles ont été cachées sous
les décombres et sous le sol qui s'est incessamment élevé, comme
il arrive ordinairement dans les grandes villes.

Le long de cette voie romaine, il a été aussi trouvé des tombeaux.
On voit en effet consigné dans *les Antiquités de Paris*, par Gilles
Corrozet, page 7, qu'on lui montra en une rue, vis-à-vis de Saint-
Victor, un sépulcre de pierre, long de 5 pieds ou environ, au chef
et au pied duquel furent trouvées des médailles antiques de
bronze.

Bulletin de la Société impériale des Antiquaires
de France. — 1858, p. 152.

(1858.)

SÉANCE DU 10 NOVEMBRE.

M. Delisle fait la communication suivante :

LES ARÈNES DE PARIS.

Plus d'une fois, les textes du moyen âge ont jeté de la lumière
sur les monuments de l'antiquité. Pour n'en citer qu'un exemple
assez récent, ce fut avec des diplômes carlovingiens que M. André
Salmon détermina à Tours l'emplacement d'un amphithéâtre romain dont les traces ont depuis été reconnues sur le sol.

La communication que j'ai l'honneur de faire à la Société
n'aura pas de pareils résultats ; mais le texte sur lequel j'appellerai
l'attention de nos confrères n'en a pas moins une certaine importance, puisqu'il indique, à Paris, la place d'un amphithéâtre romain, dont il existait encore des ruines considérables à la fin
du XII° siècle. Ce texte est emprunté aux œuvres d'Alexandre
Neckham.

Alexandre Neckham, né à Saint-Alban en 1157, mourut en
1217 ; il professait à Paris vers l'année 1180. Parmi les ouvrages
qu'il a laissés, et qui pour la plupart sont inédits, on remarque
une sorte d'encyclopédie ou de miroir, en vers latins, qui se trouve
dans un manuscrit de la Bibliothèque impériale, sous ce titre :
Liber magistri Alexandri, canonici Cyrecestrie, qui inscribitur
LAUS SAPIENTIÆ DIVINÆ. Dans cet ouvrage, il revient à deux reprises

sur l'éloge de Paris. La première fois , c'est dans la troisième distinction du poëme, à l'endroit où il parle du cours de la Seine. Il y vante la beauté du site, la religion, la science, la richesse, l'habileté, la bravoure et l'hospitalité des habitants :

<blockquote>
Secana Parisius geminos divisit in arcus
  Ambit et in medio stat mediamna decens.
Hanc munit situs, ars ornat, quam secana ditat,
  Sed clerus munit, ditat et ornat cam ;
Consilio munit, re ditat, moribus ornat.
  Hanc ego majorem Palladis urbe reor.
Pagina cœlestis munit, ditat Galienus
  Et leges. Pallas artibus ornat cam.
Ingenuas tradit locus ille fideliter artes.
  Dii benè, si semper floreat ille locus.
Quicquid Caldei, quicquid docuistis, Athene,
  Quicquid Roma potens tradidit atque Pharus
Accepit, docuit, urbs hec feliciter auxit.
  Hic fons doctrine semper habundat aquis.
Secana gens armis promptissima fulminat ense.
  Nunc hastis hostes impetit arte potens.
In giros agili motu cito flectere lora
  Novit gens pollens moribus, arte, fide ;
Naufragis portus, fugitivis porta salutis
  Exemplar terris nobile semper erit.
Relligionis amans, gens prudens, orbis asilum,
  Gens pia, gens comis, bellica, docta, potens.
</blockquote>

Dans la cinquième distinction du poëme, l'auteur chante avec plus de détail les *Merveilles de Paris*, ce paradis de délices, comme il l'appelle. Voici les principaux traits du tableau. Mercure était jadis adoré à Paris. Maintenant on y voit fleurir la science de la médecine et des lois ; on y étudie avec éclat la philosophie et la théologie. L'Eglise a été fondée par saint Denis, que l'auteur confond avec l'Aréopagite, bien que ce ne fût pas l'opinion de tous ses compatriotes. Saint Marcel, sainte Geneviève et sainte Aure partagent avec saint Denis le patronage de la cité. Un temple de Junon a été remplacé par une église dédiée à saint Vincent : c'est celle de Saint-Germain. Des ruines considérables attestent l'existence d'un cirque que la foi des chrétiens a détruit. Près de ces ruines s'élève la maison de saint Victor. L'immense palais des Thermes correspondait jadis avec Montmartre (*Mons Martis*) par un chemin couvert qui passait sous la Seine. Les philosophes vont goûter les douceurs du repos dans les délicieuses promenades d'une île que les exploits d'Arthur ont rendue célèbre :

<blockquote>
Parisius quidam paradisus deliciarum
  Est major, cum sit maxima, laude mea.
Mercurium coluit error gentilis ibidem.
  Roscos et legum gloria floret ibi.
Hic exercitium logices preludit amice
  Cum rerum causis, pagina sacra tibi.
Hic florent artes, celestis, pagina regnat.
  Stant leges, lucet jus, medicina viget
Quem Martis pagus genuit, Dyonisius urbem
  Convertit, ritus instituendo novos,
Ecclesiamque novam gaudens construxit ibidem,
  In qua virtutum lucida signa micant.
Lumine doctrine fulsit subtilis aperte,
  Res nimis obscuras explicuisse potens;
</blockquote>

Angelicos cetus distinxit lumine certo,
  Effectu, gradibus numeribusque suis.
Quod tamen in Latio magnus Dyonisius hospes
  Exutus fuerit carne probare volunt.
Sed quid? Nota sequor fame vestigia note,
  Quamvis id Bede displicuisse sciam.
Quid quod me recreant urbis preconia dicte,
  Cum Marcello tu quam Genovefa regis ?
Urbe data, fulgens meritis rutilans velut aurum,
  Aureolam meruit aurea, virgo decens.
Junonis templum Vincentius obtinet illud ;
  Presul Germanus vendicat esse suum.
Indicat et circi descriptio magna theatrum
  Cipridis ; illud idem vasta ruina docet ;
Diruit illud opus fidei devotio ; sancti
  Victoris prope stat relligiosa domus.
Est ibi Termarum municio maxima quondam
  Que Monti Martis ferre solebat opem ;
A quo sub terris ad Termas ars iter apertum
  Duxerat atque tuas, Secana subtus aquas.
Insula que melius dici Mediamna videtur,
  Perpetuo placide leta decore nitet.
Illic se recreant spaciando philosophorum
  Agmina ; grandis amat ocia leta labor.
Inclitus Arturus Follone (m) vicit ibidem ;
  Arpennus fertur conscius esse necis.

Le poëme d'Alexandre Neckham n'est pas le seul document qui mentionne les arènes de Paris : il en est encore question dans un acte du mois de novembre 1284, dont Valois a donné un passage, et que du Boulay a publié en entier. On lit dans cet acte : « Item tria quarteria vineæ sita in loco qui dicitur *les Arennes* ante Sanctum Victorem. »

Il est permis de se demander si ces arènes, dont il sera peut-être facile un jour de fixer rigoureusement la place, ne sont pas celles auxquelles Grégoire de Tours fait allusion quand il parle d'un cirque dans lequel Chilpéric donna des jeux à Paris.

———

Bulletin des Antiquaires de France. (1858, p. 167.)

(1858)

Séance du 17 novembre.

Communication de M. Huillard-Bréholles.

Les détails vraiment intéressants que nous a fait connaître M. Delisle, dans la dernière séance, m'ont inspiré le désir de chercher sur quel point était situé le *lieu dit des arènes*, qui devait évidemment son nom à cet ancien amphithéâtre. Je crois que Sauval, Félibien et Jaillot se sont mépris en circonscrivant cet emplacement dans l'espace compris entre les rues Saint-Victor, des Boulangers, des Fossés-Saint-Victor et Neuve-Saint-Etienne, emplacement qui portait, il est vrai, le nom de *clos des arènes* au xv° et au xvi° siècle ;

mais en conférant les anciens titres de Sainte-Geneviève et de la Sorbonne, qui se partageaient la censive du lieu dit les arènes, il devient évident qu'il faut placer ce lieu au-dessus de la rue des Fossés-Saint-Victor, dans le périmètre compris entre les anciennes rues Clopin et Bordelles. Ce lieu était coupé par l'enceinte de Philippe-Auguste et dominait Saint-Victor à une époque où tout le versant de la montagne qui regarde l'est était encore planté de vignes. Un acte de 1307, qui n'a été cité nul part, est très-précis à cet égard. On y lit : Tria quarteria vineæ desuper Sanctum-Victorem juxta muros villæ Parisiensis in loco qui dicitur AD ARAINAS. Au XIIIᵉ et au XIVᵉ siècle, le clos des arènes dépendant de Sainte-Geneviève était parfaitement distinct du clos Saint-Victor, avec lequel il se confondit plus tard à mesure que les constructions restreignirent l'espace consacré à la culture de la vigne. C'est, selon nous, vers l'emlacement de l'ancien collége de Boncourt, et à la même hauteur ue le palais des Thermes, qu'il faudrait chercher les traces des nciennes *arènes* de Paris.

Histoire de la ville et de tout le diocèse de Paris, par l'abbé Lebeuf. — Nouvelle édition par Hippolyte Cocheris. — T. III, p. 601.

(1867)

Dans les savantes annotations que M. Cocheris a ajoutées au texte de l'abbé Lebœuf, il parle des Arènes en ces termes :

(Ch. V, note 34.) — Je m'étonne que Lebœuf ait consacré quelques lignes au terrain nommé *Aalez* et qu'il n'ait rien dit du *Clos des Arènes*, qui rappelait un souvenir de l'antiquité gallo-romaine à Paris. Ces arènes, dont le vicomte Héricart de Thury, ancien directeur des travaux de Paris, a vu les fondations, et auxquelles M. Jollois a consacré quelques pages dans son *Mémoire sur les antiquités romaines et gallo-romaines de Paris* (p. 31 et suiv.), n'étaient point complétement enfouies au moyen âge. Les vers suivants, empruntés au *Laus sapientiæ* d'Alexandre Neckham, mort en 1217 :

> Indicat et circi descriptio magna theatrum
> Cipridis ; illud idem vasta ruina docet ;
> Diruit illud opus fidei devotio ; sancti
> Victoris prope stat relligiosa domus.
>
> (Manusc. latin, nᵒ 376 S. Germ. de la Bibl. Imp.)

font voir que des ruines considérables attestaient encore, au commencement du XIIIᵉ siècle, l'existence d'un cirque situé près de l'abbaye de Saint-Victor, et qui fut détruit par les chrétiens. Dans un acte cité par du Boulay (*Hist. univers. Paris*, t. III, p. 238) et Valois (*Notitia*, préface), on lit cette mention : *Item tria quarteria vineæ sita in loco qui dicitur les Arennes ante sanctum Victorem*. Sauval, Félibien et Jaillot ont pensé que ces arènes étaient situées dans l'espace compris entre les rues Saint-Victor, des Boulangers, des Fossés-Saint-Victor et Neuve-Saint-Étienne, emplacement qui portait, aux xve et xvie siècles, le nom de *Clos des Arènes*. Ce n'est point cependant là, mais au-dessus de la rue Saint-Victor, dans le périmètre compris entre les anciennes rues Clopin et Bordelles, qu'il faut placer ce lieu. Ce clos, coupé par l'enceinte de Philippe-Auguste, dominait Saint-Victor à l'époque où tout le versant de la montagne qui regarde l'est était encore planté de vignes. Un acte de 1307 confirme cette proposition en termes précis : *Tria quarteria vineæ desuper sanctum Victorem juxta muros villæ Parisiensis in loco qui dicitur* AD ARAINAS. C'est donc vers l'emplacement de l'ancien collége de Boncourt, et à la même hauteur que le palais des Thermes, qu'il faudrait chercher les traces des anciennes arènes de Paris.

II

LA PRESSE

L'OPINION PUBLIQUE APRÈS LA DÉCOUVERTE

DES

ARÈNES

Le *Siècle* du jeudi 7 avril 1870 :

L'AMPHITHÉÂTRE ROMAIN DE PARIS

Une découverte de la plus haute importance pour l'histoire et pour l'archéologie vient d'avoir lieu. Le grand amphithéâtre gallo-romain, situé sur le revers oriental du mont Lucotitius (la montagne Sainte Geneviève), vient de ressortir de dessous terre, où il était enseveli depuis des siècles. Les rois Mérovingiens, après les Césars, y avaient donné des spectacles.

Le Moyen Age n'en ignorait pas l'existence ; un poëme latin d'un religieux de l'abbaye de Saint-Victor, au temps de Philippe-Auguste, en parle sous la désignation inexacte de Grand-Cirque ; ce lieu, dans les titres du Moyen Age, garda longtemps le nom de *clos des Arènes* ; mais, depuis bien des générations, le monument avait disparu sous des terres amoncelées jusqu'à une hauteur de sept ou huit mètres.

Les travaux qui bouleversent Paris l'ont rendu à la lumière. Nous avons vu hier, rue Monge, près de la rue du Cardinal-Lemoine, la moitié de son vaste ovale dégagée de dessous le monticule où s'élevait naguère le couvent des Dames-Anglaises.

Les gradins de cette partie sont détruits ; quelques-uns se retrouvent çà et la ; mais le pourtour, le massif qui portait les gradins, est intact, avec son bel et simple appareil en pierres de moyenne dimension et ciment romain sans mélange de briques. On voit encore deux des caves qui renfermaient les bêtes féroces, avec leurs entrées dans les arènes.

Le caractère de la construction indique le haut empire et un art supérieur à celui de l'époque où fut construit le palais des Thermes. Peut-être l'amphithéâtre est-il contemporain de l'autel d'Esus et des autres monuments du premier siècle, retrouvés autrefois sous le maître-autel de Notre-Dame. C'est en tout cas le monument romain le plus ancien, non-seulement de Paris, mais du nord de la Gaule, sauf peut-être la porte Mars de Reims.

Il faut à tout prix assurer le salut de ce grand débris de l'antiquité et en compléter le dégagement. Le terrain où se trouve la partie mise au jour appartient à la Compagnie des Omnibus ; le fragment de monticule aujourd'hui étayé comme une maison croulante, sous lequel on retrouvera le reste de l'enceinte, dépend d'une communauté religieuse. Par voie d'échanges de terrains, d'expropriations, peu importe, il est urgent d'assurer la conservation d'un monument dont **la destruction serait une honte pour Paris aux yeux de toute**

l'Europe savante. Sa large enceinte permettrait de l'utiliser facilement comme lieu de réunions publiques.

Il est à espérer que la continuation des fouilles amènera des découvertes intéressantes. On a déjà trouvé, parmi beaucoup de poteries et quelques médailles, les fragments d'un riche collier de dame gauloise avec fermoirs en or et grains de turquoise ou de lapis.

HENRI MARTIN.

Débats du mardi 12 avril :

UN AMPHITHÉATRE GALLO-ROMAIN A PARIS

Il y a quelques années, et alors que nous nous occupions par goût seulement des travaux de ce genre, nous avons eu la bonne fortune de faire connaître le premier aux lecteurs du *Journal des Débats* (6 août 1865) la découverte aussi imprévue qu'intéressante d'un four de Bernard Palissy dans le sous-sol du Carrousel, à l'angle de la nouvelle salle des États dont on préparait les fondations.

Une autre découverte, bien autrement importante, vient d'avoir lieu sur un point opposé de la capitale ; elle a déjà été portée par les *faits-Paris* à la connaissance du public. Mais on lira sans doute avec intérêt quelques détails plus circonstanciés et plus positifs qu'il nous a été permis de réunir à ce sujet.

Les Parisiens, les enfants de la vieille Lutèce, n'ont plus à envier aux autres cités gallo-romaines de l'ancienne Gaule, telles que Nîmes et Arles (ou, pour nous borner aux cités du Nord, Soissons, Senlis, Lillebonne, etc.), les *Arènes*, dont elles sont encore et à bon droit si fières. La bonne ville de Paris vient de retrouver son amphithéâtre antique, et il ne tiendrait qu'à elle, espérons-le, de garder, elle aussi, cette vieille « couronne murale » qui en vaut bien une autre !

On n'ignorait pas que Lutèce avait eu son *Cirque* et ses *circenses*. La tradition historique, quelques textes, un titre de 1284, donnaient même à cet égard des renseignements assez exacts pour que l'on en eût depuis longtemps indiqué l'emplacement avec une certaine précision. Il y avait au faubourg Saint-Victor un clos dont parle Sauval, dit de *Saint-Victor*, ou des *Arènes*, ou encore, par corruption, des *Avennes*, tenant au clos du Chardonnet et à des quartiers de vignes appartenant à la Sorbonne. Dom Félibien établit parfaitement « qu'il estoit situé vis-à-vis de l'endroit où a esté bastie l'abbaye de Saint-Victor, à l'endroit où sont maintenant les Pères de la Doctrine chrétienne, joignant le clos Mouffetard et de Sainte-Geneviève... clos de vignes, appelé le *clos des Arènes*, avant que ce quartier eust esté couvert de maisons. »

C'est là, en effet, et non à tel ou tel autre endroit prétendu par d'autres auteurs, que de grands et superbes débris de l'Amphithéâtre gallo-romain viennent d'être mis à nu, après l'enlèvement, par la Compagnie des Omnibus, propriétaire du terrain, de 10 ou 12 mètres de décombres et de remblais séculaires ; c'est là que, grâce aux soins du service des travaux historiques de la Ville, *cœlo ostenduntur*. Quoiqu'on y ait arraché, comme dans une carrière, des matériaux pour bâtir, entre autres, l'enceinte fortifiée de la Cité, on comprend qu'un témoin oculaire de l'an 1180, Alexandre Neckham, Anglais professant alors à Paris, les ait, dans ses vers latins, qualifiés de *Vasta Ruina (prope sancti Victoris relligiosam domum)*.

Il ne faut pas se figurer un monument en élévation tel que les Arènes d'Arles ou de Vérone. L'Amphithéâtre parisien, comme ceux de presque toutes les villes du nord de la Gaule, était adossé au versant de la montagne Sainte-Geneviève, *mons Lucotitius*, ce qui, du côté du sud, facilitait l'établissements des gradins sur le sol même. L'Arène était donc creusée en cuvette. Au nord était une *scena* à portiques, un *proscenium* pour la représentation des mimodrames. Les couloirs, le *podium* (soubassement de la galerie circulaire, haut de 2 mètres 60 centimètres) est encore presque intact en beaucoup d'endroits et a conservé son appareil de maçonnerie de la meilleure époque. Une des *caveæ* ou *carceres*, loges des animaux féroces, porte la trace des scellements ; de nombreux fragments de sculptures et de revêtements peints prouvent qu'il y avait là une ornementation élégante et riche.

Il y a plus : on constate qu'un travail mérovingien est intervenu plus tard pour exhausser l'Arène et approprier ainsi les ruines aux jeux du Cirque que le roi Chilpéric y donna au peuple, selon le récit de Grégoire de Tours, très-judicieusement interprété par dom Félibien. Quelles ont été les vicissitudes de cet Amphithéâtre? Tout ce qu'on peut dire, c'est qu'on y rencontre çà et là des vestiges d'incendie... L'Arène a 55 mètres dans le grand axe, et 48 dans le petit. Le diamètre total de l'édifice était de 128 mètres. Il pouvait contenir de 14 à 15,000 spectateurs. On le fait remonter au second siècle et au règne de l'empereur Adrien, ce fils adoptif de Trajan, qui s'érigea à Rome un si beau mausolée (aujourd'hui château Saint-Ange), au bout du pont du Tibre, et qui fit construire dans les Gaules l'aqueduc du Gard, les Arènes de Nîmes, etc. Il respectait fort le Sénat, nous disent les historiens, mais (il y a un *mais*) il lui répétait sans cesse cette belle parole : « Je n'oublierai jamais que c'est le bien du peuple, et non mon propre bien, que je gouverne. »

Et maintenant, que va devenir cette vaste et mémorable ruine? Disparaîtra-t-elle, à titre de propriété privée, avant même d'avoir été déblayée et sondée dans son entier? Sera-t-elle reconquise et sauvée, grâce au vœu public et au zèle des intelligents? *O utinam!* Ah! si pareille découverte était faite ailleurs qu'à Paris, dans ce tourbillon des affaires industrielles et politiques !... Mais non, c'est là une exclamation impie de notre part. La « couronne murale » de la vieille Lutèce sera relevée! Elle deviendra un lieu de comices dont le prestige sera incomparable! Ne vivons-nous pas sous un prince ami de l'archéologie et de l'histoire? Ne nous a-t-il pas donné pour administrateur municipal un préfet éclairé et homme de goût? Notre bonne ville de Paris n'est-elle pas assez riche, quoi qu'on en dise, pour payer sa gloire? Non, l'amphithéâtre gallo-romain ne sera pas saccagé mercredi prochain par la pioche des niveleurs, dût-on faire à cet effet une souscription populaire... un *plébiscite!*

CHARLES READ.

Petit Moniteur du 13 avril :

LE CIRQUE ROMAIN DÉCOUVERT A PARIS DANS L'ADMINISTRATION DES OMNIBUS

J'ai éprouvé, lors des embellissements de Paris, des chagrins profonds.

Je ne suis pas fou de l'architecture de mon temps.

Les maisons peuvent être grandes, aérées, commodes au dedans. Elles ne sont pas jolies, jolies... au dehors.

Si on mettait une énorme écrevisse à leur sommet, on pourrait les prendre... pour autant de vole-au-vent.

* *

Je sais bien que les architectes de nos jours ont fait sculpter quelques dessins à ces frontons bourgeois,

Comme on décore la poitrine d'une paysanne pervertie... d'un bijou du Moyen Age.

Mais cela ne m'a pas consolé de la destruction de toutes ces vieilles maisons, couvertes de dentelles de fer.

De l'air, oui, cela est bon; des voies de communication larges et spacieuses, cela est excellent.

Mais cela ne m'empêchera pas de regretter, au point de vue de l'art, ces maisonnettes qui avaient bravé les injures des siècles et les variations des styles.

**

Je n'ai jamais eu la fatuité de croire que mon intervention pût sauver une de ces gothiques demeures, d'où l'on croyait, à chaque instant, voir sortir l'archer du roi, le grand prévôt ou l'escholier.

Déjà, sous Louis-Philippe, ce qu'on appelait la bande noire faisait des chaumières avec des châteaux,

Et passait la charrue mécanique sur chaque terre aux souvenirs.

Mais aujourd'hui je m'enhardis,

On vient de découvrir une relique du passé.

On va peut-être n'y faire aucune attention.

Je m'empresse de demander que l'on nous conserve ce souvenir de nos ancêtres.

**

On a souvent vanté les arènes de Nîmes et d'Arles.

L'arène est un espace circulaire, pavé, placé au centre des amphithéâtres des anciens,

Et où s'exécutaient les combats des gladiateurs et des bêtes féroces.

Eh bien, Paris possède son arène antique, son cirque gallo-romain.

Voici ce qu'en dit M. Charles Read, dans le *Journal des Débats* de ce matin :

On n'ignorait pas que Lutèce avait eu son *Cirque* et ses *circenses*.

Il y avait au faubourg Saint-Victor un clos dont parle Sauval, dit de *Saint-Victor*, ou des *Arènes*, ou encore, par corruption, des *Avennes*, tenant au clos du Chardonnet et à des quartiers de vignes appartenant à la Sorbonne.

C'est là, en effet, et non à tel autre endroit prétendu par d'autres auteurs, que de grands et superbes débris de l'amphithéâtre gallo-romain viennent d'être mis à nu, après l'enlèvement, par la Compagnie des Omnibus, propriétaire du terrain, de 10 ou 12 mètres de décombres et de remblais séculaires.

Il ne faut pas se figurer un monument en élévation tel que les Arènes d'Arles ou de Vérone. L'amphithéâtre parisien, comme ceux de presque toutes les villes du nord de la Gaule, était adossé au versant de la montagne Sainte-Geneviève, *mons Lucotitius*, ce qui, du côté du sud, facilitait l'établissement des gradins sur le sol même.

L'Arène était donc creusée en cuvette.

Au nord était une *scena* à portiques, un *proscenium* pour la représentation des mimodrames.

Les couloirs, le *podium* (soubassement de la galerie circulaire, haut de 2 mètres 60 centimètres) est encore presque intact en beaucoup d'endroits, et a conservé son appareil de maçonnerie de la meilleure époque.

Une des *caveæ* ou *carceres*, loges des animaux féroces, porte la trace des scellements ; de nombreux fragments de sculptures et de revêtements peints prouvent qu'il y avait là une ornementation élégante et riche.

*
* *

Je viens d'aller voir ce cirque.

On distingue les places occupées par les Gaulois, et les pierres portant leurs initiales.

On découvre les couleurs dont étaient peintes les galeries.

On voit les cages de pierre où étaient enfermées les bêtes féroces.

Il est probable qu'on a porté sur ce cirque les terres tirées pour la formation des fossés Saint-Victor.

*
* *

Il y a des ossements humains, et on a trouvé des médailles, des épingles à cheveux de femme.

Ce n'est pas la première fois qu'on trouve des ossements du temps des Romains.

Dans son livre intitulé : *Paris*, mon collaborateur Gustave Claudin parle longuement des tombeaux et des ossements romains trouvés en 1827 sur l'emplacement de la rue Vivienne et du passage Colbert. Il y avait là, du temps de Julien l'Apostat, un cimetière romain. On retrouva des tombeaux en marbre bien conservés, entre autres celui d'Ampudia, jeune Romaine d'une grande beauté, puis des urnes funéraires avec une foule d'inscriptions.

Le cirque découvert paraît remonter au second siècle et au règne de l'empereur Adrien, ce fils adoptif de Trajan, qui fit construire dans les Gaules l'aqueduc du Gard, les Arènes de Nîmes, etc.

*
* *

Rien n'est intéressant comme l'étude des arènes et cirques de l'antiquité.

Il a paru, en 1821, un livre de M. Alexis Donnet, qui contient des renseignements fort précieux sur ces spectacles des Grecs et des Romains.

Quand Marcellus inaugura un cirque, il y fit combattre six cents panthères !... les unes contre les autres !...

On appelait amphithéâtre un édifice de plan elliptique, entouré de gradins et découvert.

Autour de l'arène et au pied des gradins se trouvaient les *carceres* ou loges pour les animaux.

Quelquefois ces amphithéâtres étaient disposés de manière à recevoir l'eau, et leur arène se changeait alors en un vaste bassin sur lequel on donnait le spectacle d'un combat naval.

La religion chrétienne proscrivit les combats humains.

Mais il nous est resté des traces des amphithéâtres anciens.

On voit à Rome l'amphithéâtre de Vespasien, que les Italiens appellent *Colosseo*. Vespasien, après la conquête de la Judée, employa 12,000 Hébreux à sa construction.

Il contenait 87,000 spectateurs assis et 20,000 debout.

Depuis cinquante ans, les fouilles immenses qui ont été pratiquées l'ont mis entièrement à découvert.

Il y a aussi l'amphithéâtre de Vérone, bâti en marbre blanc, et pouvant contenir 34,000 spectateurs.

C'est le monument arrivé le plus intact jusqu'à nous.

**

En France, je l'ai dit en commençant, nous avons plus d'un amphithéâtre.

L'amphithéâtre de Nîmes, mieux conservé, est formé de deux étages de portiques ; ses diamètres sont de trois cent quatre-vingt-dix-neuf et trois cent six pieds ; sa hauteur de soixante-quatre pieds et demi : trente-trois rangs de gradins entouraient l'arène et pouvaient contenir 17,000 spectateurs.

L'amphithéâtre de Bordeaux, connu sous le nom de *Palais Galien*, avait dans son arène deux cent huit pieds de long sur cent soixante-huit de large.

Poitiers, Lyon, Autun, Saintes, offrent encore quelques traces de leurs amphithéâtres.

Tarquin l'Ancien fut le premier qui fit enclore de charpente cet espace qu'on appela depuis *le grand cirque*. Tarquin le Superbe le fit construire en pierre ; et, dans la suite, on l'agrandit encore et on le décora de façon qu'il devint le plus superbe édifice de Rome. On prétend qu'il avait 2,180 pieds de longueur sur 960 de largeur, et qu'il pouvait contenir *deux cent mille personnes !*...

**

Le pourtour des cirques en dedans était revêtu d'un mur.

Dans le grand cirque seulement, au pied de ce quai, régnait un canal rempli d'eau, de la largeur de dix pieds. Au-dessus de ce mur ou quai s'élevaient, en forme d'amphithéâtre, des degrés qui régnaient autour de l'édifice et sur lesquels les spectateurs étaient assis comme aux amphithéâtres. Les Sénateurs avaient leur place en bas sur les premiers rangs. Le centre de ces premiers rangs, qui faisait le milieu du demi-cercle, était destiné aux Consuls, aux Préteurs et aux autres magistrats. Près d'eux étaient les pontifes, les prêtres et les vestales. Les siéges au-dessus étaient pour les chevaliers, et derrière ceux-ci toute la multitude. Dessous les degrés étaient pratiquées plusieurs galeries les unes sur les autres, par lesquelles le peuple venait en foule prendre ses places. On entrait sur les degrés par différentes ouvertures fort larges qu'on appelait *vomitoria* parce qu'elles semblaient vomir le peuple.

Je dois ajouter que dans un ancien cirque, le Colisée de Rome, on a établi de nos jours les douze stations de la Passion; et on y prêche durant la Passion à ciel au vent. Il est même d'un très-grand air d'aller écouter les maximes du catholicisme dans ces lieux où le paganisme donnait jadis ses spectacles cruels.

Le cirque qu'on vient de découvrir à Paris a dû avoir des courses de chevaux, ses luttes d'animaux et ses gladiateurs. Il a été découvert rue Monge. Le lieu de la découverte amène tout naturellement une remarque à l'appui. L'endroit où les privilégiés d'autrefois faisaient courir leurs chars est précisément le dépôt des omnibus, c'est-à-dire de la voiture à tout le monde.

TIMOTHÉE TRIMM.

Figaro du 14 avril :

LES ARÈNES DE PARIS

Hier matin, MM. Charles Read, chef de division des travaux historiques de la ville de Paris, et le vicomte de Ponton d'Amécourt, président de la Société de numismatique de France, priaient le *Figaro* d'envoyer un de ses rédacteurs aux Arènes de la rue Monge. Nous nous y sommes aussitôt rendus et nous avons trouvé en arrivant plusieurs de nos confrères.

M. Alfred Blanche, secrétaire de la préfecture de la Seine, nous avait précédés. On était alors dans la joie la plus grande, joie que comprendront tous les amateurs de curiosités et d'antiquités : on venait de trouver, en fouillant dans le sol, des médailles de bronze et des épingles fines à tête d'ivoire, enfouies là depuis des siècles, ce qui prouve que notre civilisation moderne, dont nous sommes si fiers, est simplement à quelques mètres au-dessus de la civilisation romaine.

Mais procédons par ordre. La Compagnie des Omnibus, voulant établir rue Monge un dépôt pour ses voitures, acheta un vaste terrain et fit commencer les travaux de nivellement. On rencontrait de temps en temps des fragments de construction, mais on n'y prêtait pas une grande attention. Bientôt, lorsqu'on eut enlevé environ dix mètres de terre, on aperçut que ces constructions suivaient une ligne courbe régulière. L'éveil fut donné et les travaux suivirent alors une direction intelligente, sous la conduite de M. Ch. Read, et grâce à l'obligeance de la Compagnie, qui depuis trois mois laisse pratiquer des fouilles aux piocheurs de M. Read, tout comme s'ils étaient chez eux.

Aujourd'hui, les efforts ont été couronnés de succès. On a mis au jour la moitié d'un cirque gallo-romain de 128 mètres de diamètre, et on a déblayé un couloir qui servait au passage des gladiateurs, ainsi qu'un emplacement destiné aux bêtes féroces, et qui devait être fermé par deux grilles, car la pierre de scellement est encore visible au milieu de l'entrée de la cage.

On s'est alors souvenu qu'en effet il y avait eu jadis dans la bonne ville de Lutèce des arènes dont il était plusieurs fois question dans notre histoire, que ces arènes devaient être adossées au versant de la montagne Sainte-Geneviève, qui s'appela d'abord *mons Lucotitius*, dont on a fait, par une succession de corruptions, Mont-Aigu.

Grégoire de Tours parle de ces arènes, où Chilpéric fit donner des fêtes pour le peuple.

L'histoire raconte que lorsqu'il s'agit de célébrer les jeux, il se trouva que l'arène était encombrée de terres, de gravats, de déblais de toutes sortes, et que le roi fut obligé de faire niveler le sol; par conséquent on ne retira rien, et le niveau du cirque romain se trouva exhaussé. Nous avons donc foulé hier un sol mérovingien. On peut, du reste, se passer cette satisfaction à bon compte.

On peut suivre encore les vicissitudes diverses des arènes de Paris; les fossés Saint-Victor en sont tout rapprochés, et il est probable que lorsqu'on les creusa pour enfermer Paris dans sa première enceinte, on dut jeter dans ce grand espace vide, formé par le Cirque, les terres enlevées aux fossés. M. Read nous a montré, en arrière de quelques mètres du couloir déblayé, un pan de mur qui appartient à l'enceinte de Philippe-Auguste. Il croit qu'en effet c'est par des travaux de fortification que l'arène aura été comblée.

Quoi qu'il en soit, il y a deux traces de ces arènes dans de vieux recueils.

Un Anglais, dit M. Read, dans les *Débats* d'hier, professant à Paris en 1180, parlait de cette arène en vers latins, et l'appelait *Vasta Ruina*.

Vers la même époque, il y eut un procès entre les deux abbés de Saint-Victor et de Sainte-Geneviève. La cause du débat était le produit d'une vigne, dite le *Clos des Arènes*.

Puis il n'en est plus question; les terres s'ajoutent aux terres, et, au dix-septième siècle, cet emplacement est occupé par le cimetière de la Pitié.

Mais aujourd'hui qu'une tranchée de 12 à 15 mètres a été pratiquée, il est facile de suivre les péripéties de ce coin de Paris, qui d'arène est devenu montagne, pour être aujourd'hui arène de nouveau.

Comme des couches géologiques, on voit les couches diverses, formées les unes de remblais, d'autres de cailloux ; l'une est faite de cendres, ce qui semble indiquer que quelque grand incendie a passé par là ; une couche d'*humus* succède à une autre de pierres cassées et friables ; ici des morceaux de charbon, là des ossements, un cercueil écrasé, et tout cela avant d'arriver au niveau du monument.

La maçonnerie que nous avons vue — et qui est le *podium* ou soubassement de la galerie circulaire où se plaçait le public — a environ 1,750 ans de date ; elle est plus vieille que ces couches de terre que nous venons d'inspecter rapidement, et sa solidité semble se rire de nos humbles carcasses.

Là, à cette place où nous sommes, des hommes, des chrétiens peut-être, ont été livrés aux bêtes fauves, et des larmes ont coulé à l'endroit même où nous cherchons en riant la bague d'un chevalier romain.

Mais si nous ne trouvons pas un bijou d'homme, on a trouvé, une heure avant nous, des bijoux de femmes, des agates et des épingles absolument analogues à celles dont se servent aujourd'hui nos élégantes pour fixer leurs voiles, ces épingles noires à tête de jais ou de verre. Les dames romaines servent encore de modèles aux cocottes parisiennes ; si cela continue, on y trouvera bientôt une crinoline et un suivez-moi jeune homme, le *sequere me adolescens* des anciens.

Pendant que nous sommes là, occupé à fureter, nous avisons un ouvrier qui pioche plus bas encore que le sol primitif de l'arène.

— Mais il ne doit rien y avoir-là ?

— Je ne sais pas, monsieur ; on m'a dit de piocher, je pioche.

Quelques instants après, il déterrait une pierre couverte de traces de sculptures romaines ; puis un autre fragment qu'on reconnut pour appartenir à la volute d'un chapiteau corinthien. Hier on a trouvé une main de pierre.

On nous montre deux pierres sur lesquelles sont tracés des caractères : les premiers O C parfaitement gravés ; les autres, M N P P, semblent grossièrement faits par un maçon contemporain de Jules César. Nous cherchons une signification quelconque à ces lettres ; nous en trouvons bien une, « Municipalité Parisienne ; » mais, franchement, nous la croyons improbable.

Enfin que va devenir cet amphitéâtre ? Voilà la question.

Un jeune peintre, M. Marre-Lebret, était au moment de notre visite occupé à reproduire sur toile le spectacle étrange et original que nous avons devant les yeux.

Ce tableau ira certainement avec les fragments et les bijoux au musée Carnavalet ; mais après ?

La Compagnie a besoin de son terrain pour construire son dépôt de voitures. Le temps presse, elle y a mis beaucoup de bonne volonté, mais il faut qu'on prenne une décision.

L'État rachètera-t-il le terrain et celui du couvent voisin, sous lequel est enfouie l'autre moitié du Cirque ?

La ville de Paris peut-elle faire cette dépense ?

Reconstruira-t-on sur ces ruines un hippodrome pour remplacer celui de M. Arnault?

Ou bien sera-ce, comme le projet en a été conçu hier par MM. Jules Martin et de Ponton d'Amécourt, une souscription publique qui subviendra aux frais de cette exhumation historico-artistique?

Nous ne le savons encore. Cependant, il est probable que la visite de M. Alfred Blanche n'aura pas été inutile.

Certainement si l'Empereur, qui aime tout ce qui touche à l'archéologie et à l'histoire romaine, allait visiter l'amphithéâtre de la rue Monge, il engagerait fort M. Chevreau à inaugurer son règne par une œuvre artistique, et nous reverrions cette fois, pour ne plus les combler, les Arènes de Paris.

HENRI CHABRILLAT.

Figaro du 15 avril :

Quelle sera la solution, demandait hier notre collaborateur Henri Chabrillat, à propos des Arènes de Paris?

Nous pouvons lui répondre aujourd'hui :

On a résolu de racheter à la Compagnie des Omnibus le terrain qu'elle destinait à un dépôt, et sous lequel on a découvert ces vastes et splendides ruines, et ce, à l'aide d'une souscription publique.

On reçoit le montant des dons au siége de la Société de numismatique, 58, rue de l'Université, et rue Monge, à quelques pas des Arènes.

Allons! messieurs les flaneurs, un bon mouvement, une course jusqu'à l'amphithéâtre gallo-romain, une rapide inspection de ces vestiges dix-huit fois séculaires, et une obole aux savants archéologues!

Il y a, à Paris, assez d'argent qu'on jette tous les jours par les fenêtres! si par hasard il en tombait un peu dans une sébille intelligente, où serait le mal?

Le Soir du 14 avril :

On ne parle que de l'amphithéâtre de la rue Monge, et ce fragment de muraille romaine a le don d'attirer sur les hauteurs de la montagne Sainte-Geneviève une foule inaccoutumée.

Hier, au milieu du bataillon d'archéologues, d'artistes et de jour-

nalistes (Timothée Trimm *for ever*) qui ont visité ces ruines intéressantes, on remarquait M. Duruy, M. Alfred Blanche, et un des
aides de camp du prince Napoléon.

Aujourd'hui on nous assure que, sous les auspices de la Société
de numismatique et d'archéologie, qui a pris l'affaire en main, une
souscription pour le rachat des arènes de l'antique Lutèce va être
organisée dans une maison voisine de la rue Monge, où les curieux
trouveront des cartes d'entrée.

Excellente idée, qui aboutira à une œuvre utile.

CONCLUSION

Aujourd'hui tous les doutes ont cessé : on connaît l'emplacement des arènes. Mais que de problèmes intéressants vont surgir ! Tous les habitants de Paris, tous les archéologues sont intéressés au sauvetage ! et, comme l'a si bien dit notre historien national, M. Henri Martin : **il faut à tout prix assurer la conservation de ces précieux débris de l'antiquité...; sa destruction serait une honte pour Paris, aux yeux de toute l'Europe savante.** L'Institut, la Société des antiquaires de France, toutes les sociétés savantes se sont émues et ont adressé à l'Empereur et au préfet des vœux pour le rachat des arènes. La Société française de numismatique et d'archéologie fait plus : elle prend l'initiative d'une souscription et adresse un appel direct aux 200 sociétés archéologiques de France et aux 2,500 amis de l'antiquité avec lesquels elle correspond.

Voici son appel au public :

Aux Parisiens, aux Archéologues, à tous ceux qui s'intéressent aux Antiquités nationales

Sur la demande de la *Société de Numismatique et d'Archéologie,* on a accordé un sursis de quelques jours à la destruction des *Arènes* de Paris, rue Monge.

Une souscription est ouverte. Quand même elle ne procurerait pas toute la somme nécessaire pour le rachat, elle prouverait au moins l'importance que Paris attache à son plus vieux monument,

et tous les obstacles disparaîtraient devant une imposante manifes-
tation de l'opinon publique.

Qu'on nous vienne en aide par des souscriptions, par la presse
et par tous les moyens dont on dispose. — Qu'un *plébiscite* sauve
les Arènes !

Vte DE PONTON D'AMÉCOURT.
A. HÉRON DE VILLEFOSSE.

La souscription est ouverte au siège de la *Société française de
Numismatique et d'Archéologie*, 58, rue de l'Université, et aux
Arènes, rue Monge.

Paris. — Typographie A. POUGIN, quai Voltaire, 13.